Giuseppe Fusco

Dichiarazioni di alcune iscrizioni pertinenti alle catacombe di S. Gennaro dei poveri

Giuseppe Fusco

Dichiarazioni di alcune iscrizioni pertinenti alle catacombe di S. Gennaro dei poveri

Ristampa immutata dell'edizione originale del 1839.

1ª edizione 2024 | ISBN: 978-3-38507-192-6

Verlag (Editore): Outlook Verlag GmbH, Zeilweg 44, 60439 Frankfurt, Deutschland
Vertretungsberechtigt (Rappresentante autorizzato): E. Roepke, Zeilweg 44, 60439 Frankfurt, Deutschland
Druck (Tipografia): Libri Plureos GmbH, Friedensallee 273, 22763 Hamburg, Deutschland

INTORNO ALLA NOTIZIA BIBLIOGRAFICA

POSTA DAL CHIARISSIMO

DON CELESTINO CAVEDONI

NELLE MEMORIE DI MODENA

SULL' AES GRAVE

DEL MUSEO KIRCHERIANO

ILLUSTRATO DAI PP.

G. MARCHI E P. TESSIERI

DELLA COMPAGNIA DI GESÙ

OSSERVAZIONI

DEL CAV. P. E. VISCONTI

COMMISSARIO DELLE ANTICHITA' ROMANE

ROMA

TIPOGRAFIA DELLE BELLE ARTI

1839

Il ch. prof. don Celestino Cavedoni, custode delle medaglie dell'altezza imperiale e reale dell'arciduca d'Austria, duca di Modena, sotto il titolo di *Notizia bibliografica* ha testè pubblicato nelle *Memorie di religione morale e letteratura* (1), che si stampano in Modena, un suo sunto, ch'è insieme un critico giudizio, intorno all' *aes grave* del museo kircheriano, opera dei pp. Giuseppe Marchi e Pietro Tessieri della compagnia di Gesù, della quale nel penultimo fascicolo di questo giornale, fu per noi data contezza; e lo fu con quella giusta lode che la nobile fatica dei dotti pp. ci sembrò meritare. Do-

(1) Tom. VIII a c. 118 e seg.

4

ve pur non mancammo, quando ne parve opportu-
no, di contrapporre alcuna nostra osservazione alle
oppinioni degli AA. E se il ch. don Celestino Cavedoni si fosse limitato a fare il medesimo, ora non
saremmo ad assumere la difesa di un libro dopo
lunghe cure pubblicato in Roma ad illustrazione
di monumenti che tanto alle romane istorie si le-
gano, e che fra noi è stato veduto con ammirazio-
ne ed applauso. Ma poscia che quella notizia bibliografica tende a nulla meno che a crollare e
smuovere le fondamenta, sulle quali tutte s'innalza-
no le dottrine di quel libro, a cui ho dato così
pubblica e solenne testimonianza di approvarlo e
seguirlo, mosso io dall'onore degli studi nostri, e
forse non meno dalla stima, che grandissima pro-
fesso ai dotti valentuomini che affaticarono in re-
carli a gloria maggiore, mi è sembrato essere nella
necessità di chiamare ad esame le sentenze del ch.
scrittore modenese, per porre in istato gli studiosi
di cosiffatte ricerche di giudicare poi da quale dei
due lati si trovi la ragione migliore. E in questo
come da ragioni generose son mosso, così spero di
tenermi lontano da ogni ombra di offesa, massimamente verso di un uomo per tanti titoli commende-
vole, e che ha degno seggio fra' chiari archeologi,
onde s'illustra la presente età.

La notizia bibliografica si può considerare di-
visa come in due parti. Nell'una delle quali si vuol
dimostrare, che gli autori si allontanarono dal vero
nel determinare l'epoca, in che ebbe origine l'*aes
grave* figurato: nell'altra, che non furono più felici
nell'attribuire ai popoli cistiberini sì le monete coniate aventi la epigrafe ROMA o ROMANO, e sì le
monete di *aes grave*, le quali hanno tipi eguali od

affini a coteste medesime monetè impresse dal conio. « Tutta la parte del ragionamento, così il ch. Cavedoni, la quale riguarda i confronti e la interpre-
tazione dei tipi, e quindi le attribuzioni, segnata-
mente delle serie della classe 1ª, parmi ipotetica e
congetturale, e non conforme ad altri principii certi della scienza numismatica e della storia delle arti
antiche ». Rispetto ai principii certi della scienza
numismatica e della storia delle arti antiche, non
mi fa maraviglia che gl'illustratori non abbian potuto in tutto e per tutto accettarli e seguitarli.
Si trattava d'una parte d'antica numismatica non ancora bastevolmente conosciuta ed illustrata da' numismatici de'passati tempi: si trattava di monumenti
dell'arte antica, che comparivano in parte per la
prima volta ad allargare in certa guisa la serie sva-
riatissima degli altri monumenti, onde vanno su-
perbi i moderni musei, e vi venivano co'caratteri
del tempo e della patria, in che erano stati ope-
rati. E quanto ai principii affermati *certi* della storia dell'arte antica, non si potevano dagli autori
tener per *certi*, quando questi dalla testimonianza
de'monumenti che avevano sott'occhio tanto si allon-
tanavano.

Ma vediamo quali sieno questi principii certi,
che il ch. A. della notizia bibliografica oppone alle
congetture degl' illustratori dell' *aes grave*. Sono
questi nelle carte del Lanzi e dell'Eckhel: carte no-
bili in vero e gloriose; non tali però, che siano da
tener sempre d'irrefragabile insegnamento, quando
veggiamo tornare in luce da tutte parti, e in infinito numero da queste pontificie terre della Etruria
e del Lazio, i monumenti che le smentiscono: quando inediti volumi di antichi scrittori nuovamente

portati alla luce, stan contro a quelle sentenze. E
veramente io mi persuado, che se que'due veneran-
di maestri, e gli altri della eletta schiera, avessero
potuto conoscere tutti i nuovi sussidi somministrati
all'archeologia dalle nuove scoperte in questi ultimi
anni, avrebbero con infinito lor giubilo ritrattate
moltissime delle loro opinioni; e sono poi certo, che
ben altro giudizio pronunziato avrebbero su l'*aes
grave*, se fosse loro stato possibile di vedere con
gli occhi o di contemplar con la mente la grande
istoria ch'esso ci dispiega innanzi nelle tavole da'
nostri autori ordinate. Perciò più che del Lanzi e
dell'Eckhel, parmi con verità che nel presente stato della scienza dell' archeologia sieno da tenere
per proprie e particolari del Cavedoni quelle opinioni, nelle quali egli stima di perseverare tuttavia:
mentre riesce evidente, se pur non andiamo assai
lungi dal vero, che mutate ora si sarebbero da coloro stessi che primi le recarono innanzi.

Nè vogliamo passar oltre senza osservare (sin-
golare cosa, e non nuova nelle istorie delle lettere
e delle scienze) che per que'giudizi e per quelle
opinioni il Lanzi e l'Eckhel e gli altri, che in quella età aiutarono l'avanzamento delle cose antiquarie,
furono gridati novatori da uomini eruditi e sinceri,
non però abili a seguitare il progresso dell'archeologia, come appunto novatori si chiamano adesso i
nostri scrittori.

La prima proposizione, che prende a sostenere
il numismatico modenese, ella è questa: che la origine dell'*aes grave* debba abbassarsi di molto, per
modo che le officine italiche primamente si apris-
sero intorno a quegli anni, ne'quali i nostri autori suppongono che fossero chiuse. Sentenza che si

scosta da quella degl' illustratori di meglio che
cento e cinquant' anni. Perchè dove questi voglio-
no far risalire almeno alla metà del secondo secolo di Roma la origine di que'monumenti, il Cavedoni si adopera a dimostrarli nati non prima del
secolo quarto. Ben vede esso non si poter esimere
dalla testimonianza di Plinio, il quale riconosce in
Numa l'istitutore primo della moneta romana. In
luogo però di convenire con gli AA. che sia moneta
di tal re quella di che il tempo ci ha conservato
tante reliquie , e che offre la tavola III, A della
classe 1ª, vuol piuttosto che i monetieri di quel secondo re della nostra città non altro facessero che
preparare e dar giusto peso agli *obeli* o verghette di
metallo *rude*. Ma vaglia il vero, questa sentenza non
ha sostegno alcuno nell'autorità degli scrittori o nella testimonianza dei monumenti. Perchè quale fra
gli scrittori antichi ha fatto parola di cotali *obeli*?
Per fermo nessuno. Tutti anzi si accordano in questo, che favellando delle origini della moneta, ri-
cordano prore di navi e Giani e figure di animali.
E non sarebbe simile a prodigio che questi *obeli*,
che pur si avrebbero a credere numerosissimi, stati
in corso dai giorni di Numa sino al regno di Servio, sieno potuti rimanersi celati a tutte le indagini,
che da secoli vanno facendo gli archeologi di ogni
sorte di monumenti ? Quale è oggi mai, non dirò
quella moneta, ma quell'oggetto stato in uso agli
antichi, per vetustissimo, per piccolo, per fragile
che finger si voglia, che non faccia mostra di se in
alcun museo o in alcuna collezione di qualche stu-
dioso? E i soli *obeli* di Numa si occulterebbero ancora sotterra a fronte di tante scoperte ?
La moneta per questo s'impronta dalla pubblica

8

autorità, acciò sia fatto sicuro ciascuno essere di una determinata bontà e di una determinata quantità il metallo che la compone. E ben ne porge la definizione Isidoro, colà dove scrisse : *In numismate tria quaeruntur: metallum, figura et pondus. Si ex iis aliquid defuerit, numisma non erit* (1). Nulla di tutto questo trovo io nei supposti *obeli*: anzi un tale artifizio mi si presenta, come più mal sicuro ancora dello stesso *aes rude* primitivo. Il quale, con la bilancia alla mano, si riceveva almeno con la sicurezza della quantità : dove negli *obeli* poteva agevolmente il falsario nascondere sotto una buona corteccia qualunque ladroneccio. Dagli *obeli* di Numa scende il ch. sig. Cavedoni alla moneta di Servio; però con opinione che non ci sembra gran fatto più felice di quella prima. Imperciocchè egli scrive: « Parmi da credere, che Servio Tullio istituisse gli assi librali, che per molto tempo si rimanessero di forma quadrilunga adatta ad ammontarsi o *stiparsi* nelle camere. »

Sebbene gl'illustratori dell'*aes grave* non avessero unita al loro lavoro nessuna delle monete primitive quadrilunghe, avevano però affermato, che dagli esami per loro istituiti appariva le monete quadrilunghe non essere assi librali, ma veri *quinipondii* ; onde le dissero trovate da' monetieri cistiberini ad allargare i confini della serie ordinaria che dall'asse discende all'oncia. E noi nel già citato nostro sunto facemmo ad essi invito a pubblicare i promessi quinipondii quadrati , perchè senza una tale addizione ci pareva alcuna cosa man-

(1) Orig. lib. XVI, §. 17.

care alla intera notizia di questa moneta dell' *aes
grave*. Avendo poi spesso tenuto discorso con gli
AA. sn tale proposito, facendo loro conoscere alcune notizie di tipi e di ritrovamenti di cosiffatti
numismi, scorgemmo averli specialmente guidati a
quella sentenza , che in fatti è la vera , il vedere lo stile di cotali *quinipondii* essere in ogni parte eguale a quello dell' *aes grave* di forma rotonda. Nè so comprendere perchè meglio si ami di
abbandonarsi alle incerte conghietture, che il credere a testimoni, che ingenuamente riferiscono i fatti
che loro passano per le mani. Nè poi l'osservazione de'pp. Marchi e Tessieri è così nuova, che non
balenasse allo scrittore della dottrina delle medaglie; giacchè per confessione dello stesso Cavedoni
« la forma quadrilunga non sembra all'Eckhel indizio certo di antichità più remota ». Con qual pro
della scienza vuol egli dunque tener fermo il contra-
rio? Se il *quinipondio* quadrato, che l'Eckhel pub-
blicò nella sua prima silloge (1) con la descrizione:
*Aquila expansis alis fulmen unguibus stringit, R.
ROMANOM, pegasus volans*: creduto fosse genui-
no dall'oppositore, non basterebbe quest'uno a scon-
certare tutte le sue idee, sì dal lato del peso, e sì
da quello della epigrafe e dello stile? Aggiungerò
la testimonianza de'miei propri occhi. Dalle esca-
vazioni di Tarquini uscì pochi anni addietro un
vaso, entro al quale si trovarono tre grossi fram-
menti di *quinipondii* quadrilunghi, e insiem con
essi parecchie altre monete.rotonde di quelle serie, che io stesso convengo che si abbiano a chia-

---

(1) Pag. 90; ma questo bronzo è chiaramente falso.

mare de' latini e de'volsci. Nella primavera del
trascorso anno 1838, un pastore s'imbattè in una
fresca slamatura di terreno, e per mezzo a quella
rovina trovò un *quinipondio* insieme a due assi
de'volsci, a un asse e due mezzi assi de'latini.
Or se vero fosse, la moneta quadrilunga esser quella
del re Servio, e la rotonda quella del secolo quarto di Roma, come accade che la si ritrovi insieme
ne'ripostigli medesimi? E se il quinipondio di Bo-
marzo, ch'è adesso insigne ornamento del museo
kircheriano, è appunto di peso eguale alle cinque
libre romane; se da tal peso si'scosta per sole tre
oncie il *quinipondio* edito dall'Eckhel: come si vorrà che assi librali da noi si chiamino tali monete? O vorrà piuttosto persuaderne il ch. Cavedoni, che la libra romana dell'età di Servio fosse cinque volte quanto quella del secolo quarto? Non è
facile impresa il solvere questo duplice nodo. Se
non che resta agevolmente sciolto, ove la gravis-
sima moneta quadrilunga si riguardi per rappresentante di valore collettivo, siccome tutto lo manifesta, e secondo l'analogia che ne offrono il decusse,
il tripondio e il dupondio romano. Moneta che poi,
come in Roma avvenne, cesse il luogo a più pre-
zioso metallo, e fu rappresentata dall'argento.

Ma di questo abbastanza. Veniamo già al più
arduo della quistione. «Parmi (ripiglia l'oppositore)
che per la moneta rotonda basti il risalire non più
oltre che al secolo quarto di Roma, e lo stesso ad
un dipresso vuol dirsi dell'*aes grave* degli etruschi
e d'altri popoli dell'Italia media ». Favellando spesso di questa opinione con gli autori della dichiara-
zione dell'*aes grave*, in cospetto del medagliere
del museo kircheriano ordinato e accresciuto per

le loro cure, ho avuto agio a convincermi quanto
difficile riesca il poterla accettare; e fosse pur anche
solamente in grado di probabile. E che,essa sia mal
sicura apparirà manifesto, considerando per poco a
quali conseguenze ne addurrebbe. *La moneta rotonda degli etruschi e degli altri popoli dell'Italia media non risale più oltre del quarto secolo
di Roma.* Dunque ho io ragione di conchiudere,
la moneta primitiva di Lucera nella Daunia è moneta del quarto secolo di Roma. Ma Lucera, oltre
la moneta sua primitiva di peso gravissimo, ha man-
dato fuori della sua zecca, altre monete d'un peso
mezzano; ciò che non può essere accaduto, se non in
tempo più tardo da quella prima, come si vede per
lo raffronto delle altre serie, e massimamente della
romana, ch'è la certissima di tutte. Oltre di ciò Lucera in una terza epoca ha impressa col conio tutta
quella moneta, che ne'precedenti tempi non sapeva
segnare se non con la fusione. Si assegni, con la ipotesi dell'oppositore, il secolo quarto a quella prima
moneta più grave. Forza sarà che quella già dimi-
nuita di peso discenda almeno alla seconda metà di
tal secolo o alla prima del susseguente: quindi alla
origine della moneta lucerese coniata assegnerassi la
seconda metà dello stesso secolo quinto. Nè stimo che
in questo calcolo mi si possa dar taccia di esorbitan-
za; massimamente dall'oppositore, il quale ha assegnato un centocinquanta anni agli *obeli* di Numa;
quasi altrettanto alla moneta quadrilunga di Servio;
e *ciò per principio certo della scienza numismatica
e della storia delle arti antiche.* Ma contro al principio affermato per certo dal Cavedoni , e contro
la mia ipotesi, sta l'Eckhel, il quale con argomenti irrecusabili ne convinse, che le monete di Sicilia

con l'epigrafe DANKAE non poterono esser segnate dopo l'anno 276 di Roma. Non dico quì d'altre monete rotonde e segnate col conio nella nostra Italia e nella Sicilia, che lo stesso Eckhel riconosce per opere del terzo secolo di questa città. E perchè l'oppositore non possa farmisi contro con quest'altra difficoltà, che cioè le monete rotonde coniate dell' Italia meridionale non possono essere prova abbastanza certa, per ammettere nella Italia media l'uso medesimo: aggiugnerò, che l'Eckhel non trovava alcuna ripugnanza nell'affermare, che Faleri città etrusca, posta quasi sulle porte di Roma, anteriormente ancora all' anno 361 coniasse moneta rotonda; e non in bronzo solamente, ma ancora in argento. Altre epoche certe mi sarebbe facile di stabilire per le monete di altre città italiane, nel terzo e quarto secolo di Roma; ma, per cessare soverchie citazioni ed inutili, voglio contentarmi di queste due sole. I monumenti dunque e la critica dell' Eckhel ci fanno fede, che tra la metà del terzo, e quella del quarto secolo di Roma, l'arte di figurar le monete col conio, anche nell'argento, si era distesa da Messina per fino a Faleri. Ma, nella sentenza dell'oppositore, fu solamente nel secolo quarto della città, che nella Italia media si conobbe la forma rotonda della moneta. Dal che ne seguirebbe, che mentre i siculi ed i falisci usavano già l'arte comoda, economica ed utile di segnare i metalli a freddo con figure ed iscrizioni diverse, gli altri popoli tutti dell'Italia media, e, secondo ch'egli afferma, ancora i campani, provvedessero ai loro commerci con l'incomoda, dispendiosa ed incerta arte del getto. Così l'infanzia della moneta e la perfezione della medesima si sa-

rebbero vedute in una medesima età, e presso a popoli limitrofi. Il conio ed il getto, che ogni ragion
dimostra l'uno all'altro succeduto, sarebbero stati
insieme. I traffici resi difficili da tanto esorbitante
disparità del segno che in essi si adopera, anzi ch'
è trovato per essi: turbata la storia delle arti; anzi
dello stesso umano ingegno, che ne' prodotti delle
arti si manifesta. No, questo non insegnano i principii certi della scienza numismatica e della storia
delle arti antiche. Solo egli è mestieri spogliare la
mente di certi sistemi, che derivando da opinioni
preconcette, debbono cedere alla luce del vero. E
nel presente caso, questa luce si trova tutta nei
monumenti saviamente interpretati, paragonati, e-
sposti. Cose in vero così saviamente eseguite dagli illustratori dell'*aes grave*, che quanto più matura-
mente considero il loro volume, tanto più mi è in
grado di essere stato il primo ad annunziare, essere la loro opera una utilissima e nuova rivela-
zione dell'antica gloria e grandezza delle arti e del-
l'ingegno italiano.

Detto del primo assunto del ch. A. della notizia bibliografica, è omai da passare al secondo ,
ch'è in dimostrare, che gli espositori della nostra
moneta hanno errato nell'attribuire ai popoli cistiberini sì le monete coniate con l' epigrafe ROMA
e ROMANO, e sì quelle di *aes grave*, che mostra-
no tipi eguali ed affini a tali prime monete. Ecco
di qual modo egli ragiona in proposito: « Ma quando pur si volesse, che la provenienza dimostrasse
veramente latine quelle monete, e che il peso loro
maggiore le facesse risalire a tempi più antichi, di
quello dell'*aes grave* avente tipi evidentemente romani; nulla divieta l'attribuirle ad officina romana.

I romani da principio poterono adottare tipi diversi per l'*aes grave*, del pari che fecero gl'icuvini; anzi siccome adoperarono poscia i romani stessi riguardo ai tipi varianti dei prischi loro denarii che comunemente diconsi consolari ».

Qui si stabiliscono due ipotesi, che in verità nè solvono il nodo, nè lo stringono: e noi potevamo aspettare dal dotto numografo argomenti di migliore efficacia. L'analogia dei denari d'argento non è assolutamente vera; perchè i romani mantennero già sovr'essi uno stabile tipo, quello della testa galeata nel ritto, e i dioscuri nel rovescio. E neppure se originaria fosse in tale moneta la diversità de'tipi, indotta più tardi in essa dai tre preposti alla zecca, nulla proverebbe per noi, che quì abbiamo alle mani non l'argento romano, ma il bronzo. Il quale chi è si poco perito nella numismatica, che non sappia aver nelle officine urbane serbato tipo invariabile dall'asse all'oncia, meno le pochissime usurpazioni de' triumviri monetali? (Veggasi la tav. III, A.) Nè più salda si mantiene alla giusta critica la proposta analogia della moneta degli icuvini. Gli autori avevano stabilito la loro sentenza della unità di serie in ciascuna officina, sopra l'incontrastabile fatto, che presentano quelle di Todi, di Lucera, d'Atri, di Rimini e di tante altre. La pluralità de' mezzi assi, de' trienti e dei quadranti degli icuvini, era per loro un indizio di pluralità di officine in quel paese; pluralità sostenuta dal nome collettivo della epigrafe ꓱꟼIꟼVꓘI. E dopo ciò qual parità si poteva ragionevolmente stabilire fra la moneta degl'icuvini, segnata da una lega di popoli, e destinata a rappresentarla, e la moneta de'romani, cioè di popolo unico e dominatore degli altri? Ma per

qual ragione vuol egli l'oppositore che sieno ro-
màne tutte quelle serie, che dagli illustratori si assegnano ai popoli cistiberini? Ha egli un bel dire,
che *nulla divieta l'attribuirle ad officina romana*. Se
io rispondessi: che lo divieta il bronzo coniato romano: che lo divieta l'analogia delle altre tutte officine italiche: che lo divieta l'occhio di chiunque
consideri, non dico l'unica doviziosissima supellet-
tile accolta nel medagliere del collegio romano, ma
le sole tavole pubblicate dai nostri illustratori; a
lui si apparterrebbe il trarmi fuori d'inganno.
Quanto a me, parmi tanto lontano dal vero il voler
dare alla officina romana qualunque siasi delle serie delle officine cistiberine, quanto il parrebbe a
ciascuno, se io dessi ad Atri la serie di Todi, o a
Todi quella di Atri.

Se non che il chiaro oppositore, fornito come
è, e come in altri numismatici lavori lo ha dimostrato, di un eccellente criterio, viene egli medesimo a sospettare della bontà di questo suo primo divisamento, e passa a proporne un secondo ;
intorno al quale ci convien pure di spendere alcune parole. Dice dunque: « È quando questa con-
gettura non vogliasi ammettere, dirò (e questa è
la sentenza che io preferisco) che *l'aes grave* che
è insieme il più bello e il più pesante, spetti, non
già al Lazio agreste, ma sibbene agli etruschi, ov-
vero agli oschi della felice Campania; giacchè, non
ostante i dubbi promossi dai ch. autori, alla Campania spettano senza dubbio le belle monete aventi la scritta ROMANO e ROMA con tipi che in
parte confrontano con quelli del controverso *aes
grave*. » Entro volentieri a rispondere a questa op-
posizion nuova, per la quale il ch. Cavedoni dalla

officina romana, trasporta così d'un tratto sì gran
parte dell' *aes grave* alle officine tanto lontane *degli etruschi e degli oschi di Campania*; perchè sono lieto di esporre ciò che io mi pensi di quell'
agreste Lazio, che, se non m'inganno, parve a lui
rozzo troppo per andar fregiato di così nobil moneta. Notissimi, ed allegati più forse che non si
dovrebbe, sono que'versi d'Orazio (1):

> *Graecia capta ferum victorem cepit, et artes
> Intulit agresti Latio.*

Ma per fermo il poeta non parla quì di quel Lazio , nel quale affermano gl'illustratori esser na-
te le serie cistiberine. Intende egli con quella de-
signazione di appellare la sola Roma , che fu
quella che vinse la Grecia ; e che veramente *post
punica bella*, venuta alle lautezze e alle delizie del
vivere, si cominciò a recare in casa le lettere e
le arti dei greci soggiogati. Prima di quella età,
agreste certamente era il vivere, agreste il costu-
me de'romani. Ma cotesta loro rozzezza non si po-
trà recare giammai come una dimostrazione, che
latini, rutuli, volsci ed aurunci, ne'precedenti tempi, ne' quali erano stati mirabilmente in fiore di
civiltà e di potenza; quando si godevano indipen-
denza di dominio, vaste città, ampiezza di traffici, anche marittimi; gloria di guerra e sicurezza di
pace; allora agresti fossero e incolti. Si ponga mente di grazia alla suprema nobiltà di queste terre
vetuste; si considerino gli stupendi avanzi della
primigenia nobiltà latina, non forse mai superate

---

(1) Epist. lib. II, 1, v. 136, 137.

dal romano fasto; e sarà giuoco forza il confessa-
re, che bene è questa regione delle più illustri e
venerande che vanti l'antica Italia.

Or se al Lazio togliere non si possono queste
serie dell' *aes grave*, perchè fosse agreste e inet-
to a formarle, meno mi sembra valere a ciò quello che dall'oppositore si aggiunge, che alla *Campania* (cioè) *spettino senza dubbio le belle monete
aventi la scritta* ROMANO e ROMA, *con tipi che
in parte confrontano con quelli del controverso
aes grave.* Quì il contraddittore si fa scudo dell'autorità dell'Eckhel, punto non si curando delle vive
ed efficaci ragioni dagli autori recate innanzi a
sostenere le serie per cistiberine. Or se mi verr-
rà fatto di mostrare che in questo particolare l'
Eckhel (d'altronde acutissimo critico e scrittore di
somma autorità) si trova in contraddizione con se
medesimo e col Cavedoni, e il Cavedoni con l'
Eckhel; avrò insiememente dimostrato, che in questa causa non si può aver giusta fiducia in alcuno
dei due. Esaminando Giuseppe Eckhel l'*aes grave*
noto ai suoi tempi, non trova ripugnanza veruna
nel seguire la comune degli antiquari del secolo
trascorso, i quali insegnavano, l'*aes grave* tirreni-
co tutto appartenere a Roma, o all'Etruria tran-
stiberina, o all'Umbria, senza mai far menzione delle genti cistiberine; meno ancora *degli etruschi e
degli oschi della felice Campania.* E l'Eckhel medesimo, chiamando da poi ad esame le belle monete colla epigrafe ROMA e ROMANO, non sa av-
vedersi, che coteste monete di conio erano come
altrettante copie di quegli esemplari in *aes grave*,
ch'egli aveva già riconosciuti per romani ed etruschi, come il Cavedoni stesso confessa. Chè anzi

preso alla bellezza dell' arte, che splende in tali
monete, e vedendola eguagliare quella delle zecche campane, pronuncia contro se medesimo quella sentenza, alla quale ora l'oppositore s' attiene,
che campane sieno quelle monete. Così l'Eckhel a
se e al Cavedoni contraddice, affermando romani ed
etruschi gli esemplari, campane le copie; cioè le
monete stesse ridotte all' arte del conio. Il Cavedoni poi contraddice all' Eckhel in quanto vuole
campani e gli esemplari e le copie. Scusano a' miei
occhi, e sì il faranno pure agli altrui, contraddi-
zioni per tal modo manifeste, l'avere i due numismatici scritto così lontano da questa Italia media, che è pur dire da quella luce di osservazioni
e di raffronti locali, che sono le vere scorte fedeli in
tante tenebre di antichità.

All'autorità dell'Eckhel reca l'autore della notizia bibliografica un nuovo sostegno con quella di
un uomo chiarissimo, il cav. F. Avellino, il quale
seguitò la opinione del numografo viennese. Non
v'ha forse chi più di me stimi ed apprezzi la dottrina, l'ingegno e le scritture del ch. Avellino, che
appresi ad aver in sommo pregio dall'ottimo mio
genitore, appò il quale era egli in sommo grado di
autorità in tali studi. Però spero che vorrà tenermi
per iscusato, se quì gli svelo liberamente un mio
pensiero, il quale mi porta a credere, esser egli
stato indotto ad accettar facilmente l'opinione dell'
Eckhel da una cagione generosa, che altissimi ingegni recò talvolta a ben più grave traviare, che
questo stato non è: dico l'amore di patria. E di vero quando l' Eckhel cercando una patria a quelle
belle monete, che a ragione si dicevano di officina
non romana, le recava alla Campania; il ch. Avelli-

no, così egregio fautore della gloria e grandezza
di quella sua provincia, come poteva non accoglie-
re la offerta che gli veniva fatta dall'insigne mae-
stro d'oltremonte ? Ma il primo non seppe, l'altro
forse non curò di premettere a quel giudizio il
necessario raffronto di quelle monete coniate con
l'altre di *aes grave* ad esse corrispondenti. Or s'
egli è vero, come è verissimo, che le une sono alle altre anteriori; egli è pure irrecusabile che le coniate si abbiano a riconoscere per copie delle fuse. E se le fuse mai non sono state tenute per campane da veruno di que'dotti, che finora hanno posto studio sull' *aes grave* dell'Italia media (se ne
eccettui adesso il ch. Cavedoni), ne discende che
neppure le coniate si possono affermare ragionevolmente per campane.

Nè mi par malagevole il ritorcere contro l'in-
tento, pel quale si produssero alcune ragioni che sono dell' Eckhel e de' suoi seguaci. Perchè l'argomento che traggono dalla simiglianza dello stile, di-
cendo che le monete con la epigrafe ROMA o RO-
MANO, riscontrandosi con lo stile di quelle di Tea-
no, di Suessa, di Calvi, siano da tener assolutamente
di quelle zecche, a me sembrerebbe di alcuna forza,
ove gl'illustratori volessero trasportare quelle prime
monete in provincia affatto disgiunta dalla Campania. Ma vaglia il vero, non mi sembra di momento
ben grave, quando essi le assegnano ad officine di latine città, alcune delle quali sono più vicine a Tea-
no ed a Calvi, di quello lo siano Napoli e Capua. Ma,
si continua, la greca epigrafe ΝΕΟΠΟΛΙΤΩΝ, e l'altra similmente greca ΡΩΜΑΙΩΝ, riportate dall'Eckhel (1), e la terza pubblicata dal ch. cav. G. Micali

---

(1) Doct. Num. tom. **V**, pag. 47.

con leggenda osca (1), e citata dall'Avellino (2), non
formano esse *una dimostrazione* ? Sì veramente la
formano; ma, se non m'inganno, egli è appunto nel
senso opposto. Imperciocchè a me pare questo essere buon ragionamento: quando i monetieri di Napoli e delle città greche vollero dare a divedere, che le
monete uscivano delle loro officine , come che im-
prontate fossero de'tipi delle zecche latine, e con
epigrafi allusive a Roma, v'impressero i propri lor
nomi o quelli de'romani, nel loro nativo linguaggio, ch'era l'osco ed il greco. Dunque le monete che
hanno que'medesimi tipi, uniti ad epigrafe non osca
nè greca, ma puramente latina, non possono per ragion della epigrafe stessa essere assegnate ad officine greche od osche; ma sì a romane o latine.

Ma di tutto il discorso fin quì sia il giudizio
dei veri dotti, fra' quali speriamo che il ch. Avellino ancor esso voglia farci conoscere il suo pensiero
in cosa che a lui in più special modo vogliamo sot-
toposta. Poche altre cose restano a dirsi riguardo
alle generali opposizioni fatte alla illustrazione dell'
aes grave del museo kircheriano. Fra queste non
dissimulerò di avere veduto con qualche sorpresa,
che il ch. Cavedoni, il quale in molti suoi lavori
numismatici ha saputo fare buon conto dell'argomento della provenienza della moneta, nella presente notizia bibliografica lo ponga quasi affatto da lato, quasi poco confidente nelle molte e genuine te-
stimonianze degli illustratori. Io, per l'ufficio che so-
stengo di commissario delle romane antichità, do-

---

(1) Italia avanti il dominio de'romani, tav. LIX, n. 14.
(2) Opuscoli, tom. II, a carte 32.

vendo sopravvedere quanto di antichi monumenti si
va scuoprendo alla giornata, potrei quì riferire al-
cuni dei moltissimi fatti, che mi cadono quotidiana-
mente sott'occhio, e sono una buona giunta a quelli
dagli autori ricordati. Ma per non dilungarmi so-
verchio, lo rimando ad altra occasione, quando mi
accada di tornare alla difesa di queste romane dottrine, e di questi a me carissimi studi. I quali, convien pure andarne convinti, se moltissimo si ac-
crebbero per le illustri fatiche del Lanzi e dell'
Eckhel, ambedue della dotta e benemerita compagnia, in seno alla quale scrivono gli AA. NN; non
però toccarono per essi la lor giusta meta; nè que'
sommi ingegni tutte le volte videro e poterono
vedere la verità. Le nuove scoperte, i nuovi raffronti, le nuove considerazioni van formando, a questi ultimi anni massimamente, una nuova archeologia. Non è egli lodevolissima l'industria dei pp. Marchi e Tessieri, quando si associano con tanta felici-
tà ai progressi veri di questa scienza, continuando
la gloria che si acquistarono que'primi lodati pa-
dri, coi quali han comune l'istituto !

Ma perchè questo qualunque siasi lavoro si ri-
marrebbe manchevole, se non vi si trovasse risposta
a certe osservazioni particolari, che sono nella notizia bibliografica , toccherò quì nella conchiusione
alcuna cosa di esse. Il quadrante della terza e quarta
serie latina rappresenterà sempre per me *una mano
e due spole*, non due grani d'orzo, finchè a dichiara-
zione di quel tipo non sarà addotto altro argomento, che quello che il Cavedoni trae dal salmo 127:
*Labores manuum tuarum quia manducabis, beatus es
et bene tibi erit.* Nè l'orzo è tanto produzione della
industria, che più nol sia dell'ubertà del suolo; dove

quasi esclusivamente dall'opera della mano venivano i tessuti, che perciò appunto si dimandano *manifatture*.

Nel *quincunce* di Atri, città picena, veggo un legame necessario tra la Medusa ed il Pegaso. L'oppositore, con voler tenersi fermo alla opinione che nella protome riconosce una Venere, è costretto a ricorrere alla universale ragione della fecondità, e a non potere dar conto dell'andamento disordinato de'capelli della testa ch'è nel dritto, nè di quella voluta, l'estremità della quale si disgiunge da se medesima, e come vera testa di serpe va a ferire la tempia della Gorgone; e temo che di quella conchiglia non sarà agevole di ritrovare il modello in veruna delle infinite *turbiniti*, che dalla *conchiliologia* sono poste innanzi. Coloro, che si trovano in mezzo alle scoperte di antichi monumenti, confermeranno verissimo il fatto affermato dagli illustratori dell'*aes grave* circa la maggiore rarità degli assi, in confronto delle minori parti, nelle quali si dividono. Ma non perciò mi sembra cadere il loro avviso, rispetto all'asse tudertino dell'epoca della diminuzione. Questa moneta è dagl'illustratori conosciuta, e ne favellano a carte 80. Il trovarla in questa seconda epoca ora segnata della nota del mezzo asse, ora dei quattro globi del triente, non più mai con la nota dell'asse, li mette in sospetto, che già in questa seconda epoca fossero i tudertini soggetti ai romani, e da questi avessero proibizione di segnare il capo della loro moneta. Conghiettura da lodarsi per ingegnosa, quando pure la non si voglia accettare per vera. Chè poi il ferro di lancia, posto nell'infima parte della moneta di Todi, abbia da dare a Marte su tale città un diritto maggiore, che l'aquila e il corno di dovizia dell'asse non diano a Giove, lascerò che altri sel vegga.

Si accerti poi l'oppositore che fa vana opera, quando ei si stimi di far conoscere agl'illustratori dell'*aes grave* del museo kircheriano, *che Icuvio ebbe anche monete di tre once , e che in Gubbio si fuse l'asse di due once co'tipi dell'asse romano.* Le osservazioni, da essi istituite con tanta critica e perseveranza, non permettono più di accettare tali municipali asserzioni; e l'asse di tipo romano trovato in Gubbio, se pur vi fu trovato, altro non si deve tenere che un asse romano colà perduto. In verità poi io non so persuadermi, come abbia il ch. oppositore saputo riconoscere nel rozzissimo lavoro del monetiere icuvino, ch'esso sia stato abile a *ritrarci il sole e la luna sotto cielo nebuloso.*

Viva similmente sicuro il ch. numismatico modenese, che la serie dell'*aruspice*, o del *pontefice etrusco*, non si appartiene certamente a Tarquini o a Toscanella. Vicinissime a Roma queste due città, e ricercate con sommo frutto a questi ultimi anni nel più intimo delle loro terre, spesso anche sotto la propria mia direzione, non hanno giammai saputo mostrarci pur una sola di tali monete. Esse ci provengono dall'Etruria subapennina, e non d'altronde : ed è appunto in quella regione, che fa di mestieri il ricercarne l'officina.

Per quello poi che riguarda i tipi della ruota e della bipenne, ch'essi sieno parlari figurati , esprimenti i luoghi ed i popoli che fusero la moneta, sulla quale si veggono, a me pare tanto conforme alla indole e ai modi di que'primi popoli, che non veggo perchè dispiaccia l'ingegnosa osservazione al chiariss. Cavedoni. Massime che con molta verità ne insegnò egli stesso nel suo *Spicilegio*, che Tomi città del Ponto alluse al proprio nome, ponendo sulle monete la figura di una scure. Or perchè vorrà chiamarsi delirio il dire, che la ruota alluda al nome de'rutuli, quando la si vede su bronzi da'loro usati, e trovati quasi esclusivamente nella loro regione? E perchè nelle monete con la scure a doppio taglio, che nelle vicinanze di Perugia si rinvengono, non potrò io vedere il primitivo nome di quella città, *Ferusia* o *Ferusa* ch' esso si fosse? E certo non sono queste allusioni nè ricercate troppo, nè strane, nè disformi; e avrebbe a farsi ad esse buon viso, quando di simiglianti son pieni i monumenti tutti dell'antichità; e il linguaggio simbolico delle antiche genti, ora più che mai reso penetrabile, ne disvela tanta occulta loro dottrina.

Sarebbe quì il fine delle presenti osservazioni, se non mi sembrasse questo utile incontro a palesare i miei dubbi intorno una opinione, emessa in proposito delle monete espresse nella tav. II della 3ª classe da un mio ch. collega ed amico. Il marchese G. Melchiorri, che nel bollettino di corrispondenza archeologica (1) ha posto un pieno ed accurato saggio del libro de'pp. Marchi e Tessieri, ha quivi pure fatto conoscere sulla serie di *aes grave*, esibita con la tavola testè allegata, un divisamento da quello degl'illustratori affatto diverso. Imperocchè convinti questi di mille modi, la moneta etrusca non aver lasciato traccia di se al di là del bas-

---

(1) Anno 1839, a c. 113-128.

so Arno;dopo avere assegnato le loro monete a Cortona, Perugia, Arezzo e Chiusi; congetturarono le altre della già detta serie potersi convenire a Fiesole od a Siena, città in quella parte d'Etruria non inferiori alle quattro ricordate. Ma l'autore del sunto, per le figure dei tipi, e per aver posto mente ad un segno ch'è nel campo di quella moneta, simigliante a luna che cresca, si avvisò che la vera officina e la propria sede di esse si avesse a riconoscere, non in Siena od in Fiesole, ma sì nella città di Luni. E illustra la sua sentenza con quel luogo di Lucano:

..... *quorum qui maximus aevo*
Aruns incoluit desertae moenìa Lunae:

e dell'altro di Marziale:

Caseus etruscae signatus imagine Lunae.

Ma se il coltello, la scure ed il pileo sacerdotale potessero valere in favore di Luni , perchè medesimamente non varrebbero per Tarquini, Cere, Tuscana, città celebri per le religioni loro, e per quelle memorie che si avevano per sacre ? E quanto al segno della luna, non sarebbe esso insolito posto a quel modo per riferire al nome della città? O non si vuole piuttosto, ciò che a me sembra più vero, riconoscere in esso una lettera, come lo persuade l'analogia di altre così fatte, che in questo *aes grave* incontra di vedere ?

Il maggiore argomento però e la guida più certa a definir la quistione si ha nel luogo della ordinaria provenienza de'monumenti. Laonde io credo, che la ingegnosa opinione del lodato Melchiorri ceder debba a fronte della sicurezza, che le sette monete di quella serie (ora nel museo kircheriano) tutte dalla prima all'ultima provengono dall'Etruria subapennina e mediterranea; che nessuna se n' è mai veduta tornare all'aprico dal suolo o dai dintorni di Luni, città piuttosto ligure ch'etrusca.

Si rimanga dunque questa bella gloria dell' italiana moneta primitiva, entro a' confini ad essa assegnati con ogni lume di ricerche e di critica dagl'illustratori dell'*aes grave*; si rimangano salde e vittoriose le loro dottrine. Solo vogliamo richiederli con istanza, che proseguano nella magnanima loro impresa, per recarla a quell'alto segno che stabilito si sono nell'animo. Chè allora sarà manifesto a ciascuno, ciò che adesso non a tutti apparisce egualmente: avere la primigenia gloria e grandezza dell'italiano ingegno e delle italiane arti ritrovato in loro, dopo si lungo volger di secoli, interpreti adequati e fedeli.